DU MÊME AUTEUR

Aux Éditions Gallimard

NE PLUS JAMAIS DORMIR, 2009

LA CHAMBRE NOIRE DE DAMOCLÈS, 2006

Du monde entier

WILLEM FREDERIK HERMANS

LA MAISON PRÉSERVÉE

roman

Traduit du néerlandais
par Daniel Cunin

nrf

GALLIMARD

L'éditeur remercie la Fondation néerlandaise pour la littérature pour son soutien à cet ouvrage.

Nederlands letterenfonds
dutch foundation for literature

Titre original

HET BEHOUDEN HUIS

La grande branche, pratiquement la cime entière, se retrouva soudain au pied de l'arbre, sans que j'eusse perçu le moindre craquement. Tous avaient été couverts par le fracas produit, près de là, par un éphémère fourré de grumeaux de terre.

D'autres détonations suivirent, sans que je visse rien de ce qu'elles provoquaient. Je ne me retournai pas. Devant moi, personne. Je devançais peut-être tous les autres. Il y avait peu d'arbres, sans doute était-il facile de me repérer. Cependant, on eût dit que ça tirait au hasard. À chaque pas, je me tordais les pieds sur les mottes de terre durcies. La pente était longue et raide. De l'autre côté de la colline se tenaient les Allemands. J'espérais les voir venir à notre rencontre. Se mettre à l'abri, se tapir quelque part et ne plus bouger. Tout, à commencer par la soif, m'empêchait pour ainsi dire de progresser. Ma gourde était vide. Je regardai derrière moi. Les autres étaient trop éloignés pour que je leur réclame de l'eau.

Le sergent donna alors un coup de sifflet. On se rassembla le long d'un chemin creux où on se laissa tomber pour se reposer. Je brandis ma gourde vide. Mais tous ceux qui la virent secouèrent la tête de droite à gauche. De toute façon, bien peu y prêtèrent attention. Le plus proche de moi, le sergent, avait rabattu son casque sur son visage pour se protéger de la chaleur et de la lumière ; les mains croisées sur la poitrine, il semblait dormir. Le soleil tapait, on n'avait pas vu une goutte de pluie depuis des jours. Le sol jaune était tellement sec que la poussière soulevée par les obus ne retombait pas.

Je consultai ma montre-bracelet. Il était treize heures trente. Le silence se fit, tous ceux qui participaient à la guerre semblaient s'en accommoder, à croire que celle-ci était un grand corps malade, auquel on venait de faire une injection de morphine. La seule chose qui se passait : un combat à haute altitude entre trois chasseurs. Je contemplai le spectacle, un brin d'herbe sèche entre les dents. Les avions dessinaient un motif de boucles blanches sur le bleu du ciel, une technique de publicitaires. On eût dit qu'ils cherchaient simplement à nous amuser, rien que cela. Ne pas essayer de lire ce qu'ils écrivent, sous peine de devenir fou. Coca-Cola. Ils ne peuvent sc passer de leurs deux mains, songeai-je, mais peut-être ont-ils un tuyau en caoutchouc fiché dans la bouche qui leur permet de se désaltérer. Les balles de leurs mitrailleuses frappèrent le sol à peu de distance de moi. Ça pourrait très bien être la bonne, me dis-je, alors que je suis tout bêtement assis à ne rien faire. J'ai soif. Une balle pourrait très bien me toucher, comme si, à rester assis, on encourait la peine de mort. De toute façon, tout le monde meurt un jour, même sans guerres. Qu'est-ce que ça change, la guerre ? – Se figurer quelqu'un qui n'a pas de mémoire, qui ne peut penser à rien si ce n'est à ce qu'il voit, entend et ressent... pour cette personne, la guerre n'existe pas. Elle voit cette colline, le ciel, elle sent les membranes sèches de sa gorge se contracter, elle entend les détonations de... il lui faudrait une mémoire pour savoir de quel appareil ou instrument celles-ci proviennent. Elle entend des détonations, elle voit des gens couchés çà et là, il fait chaud, le soleil brille, trois avions s'entraînent à écrire des textes publicitaires. Tout va bien. La guerre n'existe pas.

Je pensai à un Espagnol qui, un matin, m'avait demandé une allumette. Il connaissait quelques mots de français. De la troupe se composant de partisans bulgares, tchèques, hongrois et roumains, je ne comprenais personne.

J'ai quitté la Hollande depuis quand? me demandai-je. À l'étranger sans discontinuer, dans différents pays, partout la même obscurité dans les villes, le soir venu, et en fin de compte plus un seul individu à qui m'adresser. En Allemagne, au moins, il m'avait été possible d'écouter, mine de rien, les conversations. Mais à présent, tout ce que j'entendais se résumait à du bruit et à rien d'autre. Vrombissements de moteurs, explosions, bourdonnements de balles, cris d'animaux, bruissements, craquements, cognements, aboiements. Des gens ne provenaient pareillement que des bruits. *Prolétaires de tous les pays, unissez-vous!* – Des prolétaires incapables d'échanger entre eux les paroles les plus bêtes.

Il m'arrivait de ne pas même comprendre les ordres. Les officiers s'en foutaient pour ainsi dire complètement. Trois jours plus tôt, notre peloton s'était retrouvé sous notre propre feu. Sans compter l'arrivée d'une section spéciale russe : elle avait choisi cinq hommes avant de les fusiller derrière la grange où nous nous reposions. L'un d'eux avait essayé de s'enfuir. Le lendemain matin, il était allongé sur la route, face vers le ciel. Personne n'osa le pousser sur le côté. On passa sur lui, posant nos semelles sur son cadavre pour ne pas perdre le rythme du pas cadencé. Je marchais en queue de peloton. Quand j'arrivai à son niveau, il était méconnaissable, le visage défoncé. J'aurais été incapable de dire de quel partisan il s'agissait. Je l'avais sans aucun doute vu quotidiennement ces trois derniers mois. Mais je n'aurais su prononcer le début de son patronyme.

Je songeai, tandis que l'un des chasseurs commençait à perdre de l'altitude, à l'Espagnol qui parlait français. J'aurais aimé causer avec lui en ce moment.

L'avion se transforma en une comète de suie, il percuta le sol quelque part derrière moi. L'explosion me fit penser à un bruit de déglutition de la planète, amplifié des millions de fois. Un sentiment de satisfaction s'en dégageait, comme si le globe terrestre avait été des minutes durant à l'affût de l'appareil à la manière d'une grenouille qui épie une mouche. Peu à peu un nuage noir s'éleva, obstruant la vue sur la route. À travers la fumée apparut soudain l'Espagnol. Il s'avançait vers moi, tête nue. On aurait pu croire que l'avion l'avait amené ici, qu'il était sorti indemne de ce qu'il en restait.

Je voulus lui crier quelques mots; j'aurais aimé crier : Je pensais justement à toi! Mais je n'étais pas capable de formuler cela spontanément. Qui sait si je n'avais pas tout à fait perdu la faculté du langage?

Voilà pourquoi je ne pris pas même la peine de lever le bras pour lui faire signe. Il ne m'avait pas moins reconnu. Il s'accroupit à mes côtés. Il cala son casque, qu'il tenait à la main comme un seau de plage, sur son genou.

« D'où tu viens ? me demanda-t-il.

— Hollande ! Parti depuis quatre ans ! Novembre 1940 !

— Bah ! c'est rien ! Moi, huit ans ! fit-il en écrasant un taon sur sa joue. Huit ans ! »

Il dressa huit doigts en l'air. Plus aucun coup de feu ne nous parvenait. Tout ce que nous entendions, c'était le crépitement de la carlingue en feu derrière nous.

« Moi, espion, je lui dis, un peu... »

D'un geste des mains, et réfléchissant déjà à la prochaine phrase, je lui donnai une idée du tout petit peu d'espion que j'avais été.

« Capturé par Allemands. Prison. Condamné. Trois ans. Maison disciplinaire. Évadé pendant transport autre prison. Capturé encore. Camp de concentration. Strellwitz. Tu connais Strellwitz ? Six mois. Évadé encore. Arrêté près la frontière suisse. Sauté du train en Saxe. Marché, marché vers l'est. »

Je le regardai sans rien relever. Je ne saurais aujourd'hui préciser la couleur de ses yeux. Je le regardai de la même façon qu'on regarde en général les autres : sans vraiment rien savoir

d'eux, obligé d'accepter, par manque d'éléments, qu'ils sont plus ou moins comme nous.
– Les mots ne sont en rien différents des flux d'air dans une pièce hermétiquement fermée, ils ne changent rien d'essentiel, rééquilibrent constamment des équilibres sans jamais les avoir perturbés.

« Moi d'Espagne, guerre civile, dit-il, moi communiste. Arrêté par les Français. Un camp. Puis enfui. Sur un bateau. Turquie. Russie. »

Parvenu à ce point de son récit, il se mit à parler plus vite en recourant à de plus en plus de vocables espagnols. Je compris que la Russie l'avait déçu. C'est pourquoi j'avouai, pour la première fois depuis que j'étais en dehors de la sphère d'influence allemande :

« Moi, pas communiste ! »

Il rigola.

« *Merde ! Tout ça, merde**[1] !

— Camarade ! Donne-moi une cigarette ! »

Parler n'avait fait qu'accentuer ma soif. L'Espagnol n'avait d'ailleurs pas de gourde sur lui.

Il cassa sa dernière cigarette en deux et s'allongea, en appui sur le coude.

« Tu fais quoi ? » me demanda-t-il.

1. Les mots en italique suivis d'un astérisque sont en français dans le texte. (*La note est du traducteur.*)

Il me fit comprendre qu'il voulait savoir ce que je faisais naguère, avant la guerre.

« École, école technique.

— *Yo yesero*, répondit-il, *moi** *yesero !* »

Comme je haussais les épaules, il répéta ces syllabes étrangères plusieurs fois, espérant, qui sait, leur conférer une teneur que je saisirais : ce qu'il était tout bonnement, de même qu'un cheval est un cheval et non un tigre. *Yesero !* Notre conversation s'arrêta probablement là, je me souviens très bien que nous n'avons pas échangé nos noms. Quand il m'arrivait de penser à lui par la suite, je me disais « le *yesero* ». J'ai depuis consulté un dictionnaire espagnol, ça veut dire « stucateur ». – Un métier dont on n'aurait jamais soupçonné l'existence et dont on ne saisit en quoi il consiste.

Un de nos chars entreprit de gravir la pente. On se leva pour marcher derrière, chacun tenant son fusil à deux mains, jusqu'au point le plus élevé de la crête. De là, on dominait une petite vallée où s'étendait, au bord d'une rivière, un de ces gros bourgs dont on fait la publicité dans les salles d'attente des gares, sur des affiches en couleurs. Jamais je n'aurais pu imaginer en voir un de cette façon, un jour.

De tous côtés, les Allemands nous tirèrent dessus. À ce moment-là, j'avais déjà perdu le *yesero*.

Je descendis le dévers à pas lents en traversant un vignoble prêt, pour ainsi dire, à être vendangé. Rampant sur des cadavres de soldats, sautant par-dessus. Cela dit, tous les Allemands n'étaient pas encore morts, bien que trois de nos chars eussent à présent atteint le sommet du coteau. Je ne savais d'où provenait la pluie de projectiles. On ne pouvait, semble-t-il, la faire cesser. À genoux, à quatre pattes, je m'agrippais au palissage des vignes pour ne pas être entraîné en bas par le poids de mon paquetage. Sans compter qu'il me fallait en outre tirer. Par moments, je faisais abstraction de tout et bourrais ma bouche d'une grappe de raisins acides.

En toute fin d'après-midi, j'arpentais une route qui longeait la rivière. Au sortir d'un virage, des coups de feu furent tiré d'une maison construite à flanc de colline. Je me jetai sur le ventre, près de l'eau. Mon fusil était resté sur l'asphalte. Le sergent et deux autres soldats rampèrent dans les broussailles de la pente en vue de prendre la maison à revers. J'attendis. À part moi, il n'y avait personne sur la route. Rien de bizarre ne provenait de la maison. Les Allemands ne tiraient plus puisqu'ils ne me voyaient plus. Sur l'une des façades latérales se détachait une grande pipe peinte. Le silence régnait partout. Bien qu'immobile je vivais cent fois plus vite que d'habitude. Trois détonations retentirent alors. Le toit s'envola en une nuée d'ardoises noires. De la fumée s'échappa en volutes des fenêtres à une cadence bien différente de celle qui m'habitait. Un Allemand sortit en se précipitant vers la route. Je l'abattis. De même un deuxième, un troisième, un quatrième. Ils se pliaient en deux, pareils à des papillons vivants que l'on transperce ; je les tuais d'une épingle de deux cents mètres de long. Le cinquième, j'échouai à l'atteindre avant qu'il eût sauté dans la rivière. Je glissai un nouveau magasin dans mon fusil. Quand je l'eus vidé, j'eus l'impression de ne plus voir la tête de l'Allemand à la surface de l'eau. Je me levai et partis en courant droit devant moi. Mille pensées me traversèrent l'esprit. Qui sait... l'un des Allemands n'était peut-être que blessé... Il pourrait m'abattre avec son pistolet. Qui sait s'il n'y en avait pas d'autres dans la maison, deux ou trois encore réfugiés entre ces murs ? À moins qu'ils n'aient sauté par-derrière tandis que je visais le nageur, se cachant à présent dans les fourrés, à flanc de coteau ? S'ils me voyaient passer, ils ne pourraient me manquer. Mais je ne savais que faire si ce n'est courir. Ça allait prendre fin, enfin prendre fin. La peur me fit rentrer la tête dans les épaules. C'est dans cette posture que je sautai par-dessus les corps étendus sur la route, sans les regarder si ce n'est pour éviter de trébucher. Malgré mes craintes, rien ne se passa. Des maisons se dressèrent entre moi et la rivière. Les clous de mes semelles crissèrent sur des pavés arrondis, la ruelle s'élevait, sinueuse, jusqu'à une place où était parvenu notre char.

Je ne repérai nulle part la présence d'Allemands. Devant un café, des partisans s'étaient regroupés par grappes, bouteilles à la main. Je rejetai mon fusil, que j'avais gardé jusque-là en joue, sur mon épaule et m'apprêtai à entrer à mon tour dans l'établissement. Mais le sergent s'avança et me barra le passage. Tête nue, il me considéra comme s'il avait affaire à un ennemi. « *Booby trap!* » s'écria-t-il. Il prononça bien d'autres mots que je ne compris pas. Il me repoussa : « *Booby trap!* » Il tendit le doigt vers le centre du bourg et me gratifia d'une tape sur l'épaule, me poussant tout de suite dans la bonne direction. La colère me fit oublier toute ma fatigue. Cependant, la rue s'élevait toujours plus. Parvenu à une intersection, je m'accroupis devant une tête de serpent en fer qui crachait de l'eau. Je tins la mienne sous le jet, l'eau se glissa sous mes habits, parcourut mon dos.

Elle avait un goût de soufre, était légèrement pétillante. Le tracé qu'elle suivait depuis des siècles se dessinait en une parfaite traînée jaune pâle. Apparemment, elle provenait d'une source naturelle ; à tous les coins de rue, elle s'échappait immuablement de l'un de ces becs. Un éclair de lucidité : il s'agissait d'une ville d'eau, une station thermale de luxe. Ce dont je fus persuadé quand, parvenu en haut de la partie la plus ancienne de la localité, je découvris des hôtels entourés de parcs privés.

À part moi, il n'y avait personne dans cette partie du bourg. Sans doute les habitants avaient-ils fui, à moins qu'ils n'eussent été évacués. Deux chiens s'approchèrent, je tendis la main, mais ils poursuivirent leur chemin en se courant l'un après l'autre sans me prêter la moindre attention. Cela me donna l'impression d'être mort, à croire que je les voyais, mais qu'eux ne me voyaient pas. Je n'arrivais plus à chasser de ma tête l'idée qu'ils étaient passés, non à côté de moi, mais à travers moi. Je ne percevais aucun bruit si ce n'est leurs halètements et le clic-clac de leurs griffes sur les pavés. Les maisons abandonnées étaient sur le point de se mettre en branle pour se resserrer autour de moi, s'offrant telles des femmes de récits de voyage dans l'Inde transgangétique.

La guerre n'avait jamais vraiment eu lieu ; tant que je n'étais pas blessé, rien ne s'était passé. Il n'y avait jamais eu d'autres personnes, jamais de mon vivant, nulle part dans le monde. Je fis halte, me délestai de mon paquetage. Ne gardant sur moi que le fusil, mon casque, ma baïonnette, mes cartouches et mes grenades à main. Je longeai ainsi une balustrade en pierre, en contrebas de laquelle se trouvaient trois courts de tennis rouges. J'avais oublié comment se joue le tennis, je ne savais plus à quoi servent le filet, les lignes blanches, la chaise haute blanche, le lourd rouleau dans un coin. Le soleil se couchait derrière mon dos, reflété dans les grandes fenêtres d'une demeure qui s'élevait un peu à ma droite. À chacun de mes pas, l'une de ces fenêtres se transformait en une grande feuille de cuivre rouge poli. Puis toutes ne projetèrent plus qu'un éclat d'un noir profond. Je leur faisais à présent face.

La maison elle-même n'avait rien d'imposant, mais chacune de ses parties l'était. Chaque fenêtre se composait d'une glace étamée tout d'une pièce ; l'encadrement de la porte présentait une hauteur équivalant à deux étages ; un balcon s'étirait sur toute la longueur de la façade.

Une pelouse en pente douce, d'un vert profond, s'étendait devant l'habitation ; en retrait se dressait un gros platane. On l'avait étêté à plusieurs reprises, si bien qu'il ressemblait à un gibet susceptible d'accueillir une famille entière. La porte d'entrée, composée de verre et de ferronnerie, était largement entrebâillée.

Entrer y jeter un coup d'œil. J'avais tout mon temps. On m'avait confié une mission, on m'avait envoyé quelque part. Même si je ne savais où, je ne pouvais me présenter bredouille devant le sergent. La mission, j'allais l'interpréter à ma façon... qui sait ce que j'allais pouvoir en tirer!

Une fois dans la propriété, et alors que je parcourais sans me presser la déclivité jusqu'au perron, je pris conscience que, pour la première fois depuis longtemps, j'allais entrer dans une vraie maison, une véritable habitation. J'avais dormi dans des prisons, dans des baraquements, sur la paille de salles de classe, une fois aussi sous un camion, sur des bottes de foin, dans des wagons de marchandises... Depuis trois ans, je dormais uniquement dans des abris où les gens ne font autre chose que travailler ou attendre quand ils ne sont pas prisonniers : gares, commissariats, granges ; sans oublier une semaine dans un hôpital.

Je passai la tête par la porte : le corridor n'était pas sombre, il se prolongeait jusqu'à l'extrémité opposée où l'on accédait à l'arrière de la demeure. Mes mains se firent toutes moites alors que, toujours sur le perron, je regardai derrière moi avant d'entrer. S'imaginer n'avoir jamais mis les pieds ailleurs qu'ici, ou se figurer avoir conquis cette maison, cette colline afin de résoudre une énigme ; cela, rien que cela, d'entre tout ce qui existe sur terre. J'étais tellement impressionné que je m'essuyai les pieds dans le vestibule. Ensuite, seulement, je refermai la lourde porte à deux mains. À cause du déplacement d'air ainsi provoqué, l'atmosphère pénétra mes narines. L'eau me monta à la bouche ; me dirigeant vers la double porte du fond, je passai la langue sur mes lèvres. Certains médecins affirment que le coup de foudre ne résulte pas de la vision, mais de l'odorat. Tellement persuadé de ne pouvoir se fier à personne, l'humain ne se laisse jamais convaincre par ce qu'on lui dit ou ce qu'on lui montre. Une odeur – à la faible portée, que tout parfum supplante sans jamais toutefois en triompher – ne saurait donner le change, car elle est créée et recréée en permanence. La puanteur est toujours là, invariable. Seule la puanteur raconte la vérité.

Un manteau traînait sur un canapé. Il parlait à la façon des objets d'un roman policier. Il disait : bien que je sois de prix, je suis négligemment roulé en boule. Une femme m'a jeté ici, qui s'apprêtait à me revêtir avant de s'en aller. Mais elle s'est aperçue qu'elle avait oublié quelque chose. Elle est encore ici. Faites attention, vous n'êtes pas seul. – Au mur, deux têtes de cerf ne disaient mot. Les portes du fond donnaient sur une petite terrasse à la balustrade en marbre, prolongée par un long jardin rectangulaire à la française. À son extrémité se dressait une tonnelle. Tenant mon fusil d'une main, le soutenant de l'autre, j'entrepris de reconnaître les lieux aussi vite que possible, au petit trot, sans refermer la moindre porte. Sans non plus faire attention aux endroits où je posais les pieds. *Booby traps!* Cette maison n'allait pas s'effondrer sur ma tête. En tout cas, rien ne le laissait présager. J'étais pareil à un homme qui, venant de retrouver un objet perdu, le touche et le tâte pour s'assurer qu'il est bien de nouveau en sa possession. Ma recherche n'avait rien d'une enquête. Je tenais simplement à m'imprégner de tout; je n'avais pas peur.

Dans les pièces du rez-de-chaussée, je ne vis personne. Pas même sous le tapis qui couvrait le piano à queue. Rien. Pourtant, je ne pus me défaire de l'impression que quelqu'un était passé ici peu avant. Me mordillant le doigt, je restai à réfléchir au milieu du salon. Accrochés aux murs, les portraits peints ne me fournissaient aucune réponse. Il y avait des candélabres aux bougies à moitié fondues sur le manteau de cheminée, des cendres dans les cendriers et une coupe en cristal contenant des cigarettes. En réalité, ces choses pouvaient se trouver là depuis trois mois tout aussi bien que depuis trois heures. Un fait s'imposa soudain à moi : il n'y avait nulle part le moindre *grain de poussière.* Tant que de la poussière ne se dépose pas dans une maison, celle-ci vit, de même qu'un corps ne peut être mort tant qu'il transpire.

Je quittai ces pièces pour accéder à la cuisine. Un soupçon de vapeur s'élevait d'une casserole de soupe posée sur une cuisinière dont le feu couvait ; personne ne se montra. Je regagnai le corridor dans l'idée de monter au premier. Un escalier à balustrade aux riches moulures dorées serpentait jusqu'aux étages à la manière d'un boomerang. Qui sait, me dis-je, si les *booby traps* placés dans toute la maison ne vont pas exploser dès que je vais poser le pied sur la dernière marche ? Juste avant de prendre la fuite en oubliant son manteau, une femme est venue régler le dispositif des pièges.

L'une des pièces abritait les rayonnages d'une bibliothèque et un bureau. Une autre était fermée à clef. « Y a quelqu'un ? » je criai tout en frappant le montant de la porte avec la crosse de mon fusil. Je ne perçus que ma respiration, puis les battements de mon cœur. Forcer la porte ? Non, perte de temps. Je gagnai une grande chambre à coucher qu'une lourde tenture séparait d'une salle de bains plus vaste encore. Au milieu du sol en marbre, la baignoire s'élevait à hauteur de genoux. Deux hydres en bronze maintenaient leur tête sur le rebord. J'ouvris le premier robinet puis le second.

De l'eau chaude s'échappa tout de suite de l'un d'eux. Un robinet d'eau chaude d'où coulait de l'eau véritablement chaude ! De toute la guerre, on n'avait encore jamais vu ça ! L'exaltation qui m'envahit m'incita à la laisser couler et à me déshabiller. Quelle que fût la personne qui se cachait entre ces murs, elle pouvait sans risque s'avancer ; je ne riposterais pas. Pour ça, j'avais sacrément bien interprété les ordres du sergent ! Il avait dit : « J'veux plus voir ta tronche crasseuse ! J'veux plus sentir la puanteur que tu dégages ! Va donc t'astiquer la panse, dégage vite de là ! » Voilà ce qu'avait dit ce Bulgare, ce Monténégrin, ce Slovène ou ce je-ne-sais-quoi. *Booby traps !* Foin des *booby traps !*

J'enjambai le rebord et m'allongeai dans la baignoire. Ma belle humeur s'atténua. Un peu d'eau entra dans ma bouche. Elle avait le même goût que celle qui jaillissait des fontaines aux coins des rues. Au bout de quelques minutes, j'eus l'impression qu'elle exerçait sur moi un effet pétrifiant. J'allais progressivement sombrer dans le sommeil. Toute sensation allait quitter mon corps, l'ensemble confluant en un point hors de moi avant de se dissoudre dans le néant. Dans un premier temps, ma peau deviendrait insensible ; pour finir, je ne percevrais plus même les battements de mon cœur. Si les gens ne ressentaient rien, on assisterait à bien des améliorations dans le monde. On perdrait un bras ou une jambe sans s'en apercevoir, on n'éprouverait rien de plus que lorsqu'on se coupe les ongles. On se viderait de son sang, tout sourire, sans rien sentir. Ceci déjà en bas âge ! Les bébés ne s'arrêteraient pas de sucer leur pouce alors qu'on les mettrait à bouillir dans l'eau d'un bain brûlant. Qui relèverait la présence d'un trou dans son propre crâne à supposer que cela ne se traduisît par aucune douleur ? Qui éprouverait le besoin d'aller se coucher dans la mesure où il ne ressentirait pas la moindre faiblesse, pas la moindre douleur de fatigue ? Insensible, impassible, c'est ainsi que l'homme devrait être ! De la sorte, il ne se serait jamais multiplié à ce point ! Jamais pareil nombre n'aurait survécu ! Le problème, c'est qu'on préfère devenir aveugle ou sourd plutôt qu'insensible. C'est à cause de pareils tours de passe-passe de rien du tout que le monde continue d'exister.

Je portai les yeux sur mon corps pour voir s'il n'avait pas commencé à se transformer en une momie jaune soufre. En fait, je ne somnolais même pas. De l'autre côté de la haute fenêtre se détachait la cime taillée du platane, mouchetée de blanc comme une porte dont on a traité les inégalités à l'enduit. Dehors, le silence persistait, aucun coup de feu ne retentissait ; je ne percevais pas non plus le moindre moteur d'automobile. Le coin de ciel que je voyais rougit avant de s'empourprer. Dans la salle de bains, les objets s'estompèrent rapidement. Je prenais mon temps. Désireux de tout reconnaître, je tirai sur le cordon d'un interrupteur électrique. Nous étions, moi et les soldats de ma section, habitués à relier çà et là des mines au réseau électrique dans des maisons de localités que nous nous apprêtions à évacuer. Là, cependant, rien ne se passa, aucune explosion. Pas non plus de lumière, d'ailleurs. Me revint alors à l'esprit que partout, dans les pièces et les couloirs, il y avait des bougies à moitié consumées. Le gros bourg devait être depuis longtemps privé d'électricité. J'étais en sécurité, je résolvais avec aisance diverses énigmes. Rien ne m'empêchait de rester dans mon bain aussi longtemps que je le désirais.

Tout à coup, un obus explosa à proximité, de l'eau éclaboussa même le sol de la salle de bains. Cela m'incita à me lever pour me rhabiller. Je me séchai puis retournai dans la chambre à coucher, nu. Je m'emparai d'une bougie et remontai un appareil Gillette dont les pièces, comme tout le reste du nécessaire de toilette, étaient disposées sur le bord du lavabo. De plus en plus d'obus tombaient, le crépitement de mitrailleuses me parvenait également ; toutefois, par la fenêtre, je ne remarquai rien de particulier. Devant un miroir qui me renvoyait mon reflet des pieds à la tête, je me rasai. Dans une pièce entièrement tapissée de miroirs, je pourrais passer ma vie sans jamais m'ennuyer, pas plus que Robinson Crusoé sur son île. Quiconque se contente de *réfléchir* ne fait que l'expérience d'un contact partiel avec soi-même. Voir revêt une bien plus grande valeur. Voir, c'est tout. Se voir soi-même comme un autre, cela serait synonyme de salut. Mais voilà, il nous est impossible de passer du bon côté.

J'aiguisai mon attention. Propre comme un sou neuf, je m'attendais à découvrir toutes sortes de marques sur mon visage. Je ne découvris rien. Ce que j'avais traversé avait disparu sans laisser de traces. Notre apparence est incapable d'emboîter le pas de notre mémoire. Un homme de quatre-vingts ans qui se regarde n'a pas l'impression d'avoir vu, dans la glace, quelqu'un d'autre alors qu'il n'en avait que huit.

Cependant, tellement de choses avaient changé en moi que remettre mes sous-vêtements et mon uniforme sales était au-dessus de mes forces. Je m'approchai d'une armoire de la chambre. Une rangée de costumes y était accrochée ; posées au-dessus, sur une planche, des chemises et des cravates. Alors que j'essayais de boutonner un pantalon qui se révélait à la fois trop large et trop court, de grosses motos passèrent à toute allure de l'autre côté de la maison. Je ne m'inquiétai pas de ce que cela pouvait signifier. Du boucan, j'en avais entendu bien assez au cours de ma vie. Comme j'avais faim, je songeai à la soupe que j'avais vue à la cuisine. Une fois prêt (la chemise blanche aussi craquante et délicieuse qu'un gâteau), je redescendis l'escalier et vidai la casserole en m'aidant d'une grosse cuillère en bois.

Cela fait, je m'allongeai sur un canapé du salon, au milieu de coussins, et fumai une cigarette. J'observai le plafond qui figurait un ciel peuplé d'angelots en or. Je tapotai la cendre sur le tapis, non sans me désapprouver intérieurement, moi à qui il arrivait de me moucher dans ma chemise, moi qui ne me lavais plus les mains avant de manger et qui me brossais encore moins les dents ; moi qui, depuis trois ans, crachais là où bon me semblait, et qui passais des semaines sans me torcher le cul.

Dans ces lieux, quelque chose me poussait, semble-t-il, à retrouver un comportement décent, le propriétaire pouvait s'estimer heureux que je ne misse pas à sac sa demeure. Sa bonne lui avait préparé de la soupe alors même que moi, je me tordais de soif dans un champ. Avant de m'en aller, j'irais sans doute aucun jeter un œil dans la cave. Cela aplanirait tout. Une bonne bouteille pour le sergent. Jamais il n'irait penser que j'avais interprété de travers ses ordres.

J'écrasai la cigarette contre le cadre en bois du canapé. Resongeant à tout ce que j'avais vu dans cette habitation, j'avais à présent l'impression de me trouver simultanément dans chaque pièce. Dans une maison, on ne doute de rien, car il est facile de revenir sur ses pas pour vérifier si on a commis une erreur. Être seul dans une maison où personne ne risque de s'introduire pour emporter ou déplacer quoi que ce soit, cela suffit à faire de la vie une réussite. Celle-là, cependant, je ne l'avais pas reconnue de fond en comble : il y avait une pièce où je n'avais pu entrer. Qui sait, je n'étais peut-être pas même seul. Pourtant, aucun bruissement, aucun craquement ne me parvenait.

Je regardais droit dans les yeux ma mère qui, d'un geste de reproche, désignait le tapis sur lequel mes pas étaient tracés en boue blanche. « Mais dis-moi, t'es morte, je rétorquais alors qu'elle n'avait rien dit. N'est-ce pas aujourd'hui qu'on va t'enterrer ? »

Une grande pendule me réveilla. La sonnerie provenait des entrailles de la maison. Il ne restait rien de la bougie.

Malgré tout, il ne faisait pas nuit dans le salon. La lueur rouge d'intenses brasiers s'avançait par vagues. Les coups de la pendule cessèrent, reprirent. Je quittai le canapé. C'est alors que je compris que la sonnerie provenait de la cloche de l'entrée. Ne pas ouvrir se révélerait absurde. Qui pouvait se trouver de l'autre côté de la porte si ce n'est l'un de nos partisans ? Je gagnai le corridor. Quelqu'un faisait glisser sur le mur, à travers la vitre, le faisceau d'une lampe électrique. Quand la lumière tomba sur moi, le faisceau s'éteignit. La silhouette de la personne qui venait de manier la lampe se découpait parfaitement derrière la ferronnerie de la porte.

Lorsque je l'ouvris en mettant immédiatement un pied dehors, je constatai qu'il s'agissait d'un Allemand. Affublé d'un casque enfoncé sur les yeux, il ressemblait à un lampadaire qui ne donne pas de lumière. Il salua de sa main gantée et me demanda : « Êtes-vous l'occupant de cette maison ? »

Derrière lui, contre le platane, il avait garé sa moto. Je regardai l'incendie, distinguant trois foyers différents.

« *Jawohl*, je répondis. Je suis malade. Je dormais.

— *Ach zo!* C'est plus courageux que de déguerpir comme les gens de ce putain de trou. Combien de chambres avez-vous ? »

Dans le brasier, à l'horizon, jaillit un balai d'étincelles qui se prolongèrent. Je m'abstins de répondre.

« Nous aimerions loger ici un certain nombre d'officiers.

— Je félicite l'armée allemande de nous avoir libérés aussi vite, répondis-je. *Heil Hitler!* »

Entre-temps, je réfléchis. Combien de chambres comptait la maison ? Je n'aurais pas même su dire combien elle comptait d'étages.

D'un geste, l'Allemand me fit comprendre que la reconquête du bourg ne lui avait pas coûté le moindre effort. Dès que je lui eus dit que les officiers seraient les bienvenus, il retourna vers sa moto.

Je claquai la porte, allumai une bougie et me mis à errer dans les lieux, à pas précautionneux pour éviter que la flamme ne s'éteigne. Je n'avais aucunement envie de m'enfuir, mais devais m'y résoudre tant que cela était encore possible. D'ailleurs, quand ne suis-je pas en fuite ? Seul problème : décamper pour aller où cette fois ? Je n'en avais vraiment pas la moindre idée. Voyant mon uniforme dans la salle de bains, qui, à la lumière de la bougie, ressemblait à un tas de loques, aux vêtements d'un homme assassiné, j'eus encore moins envie de le renfiler que quelques heures plus tôt. Où cela me mènerait-il, d'ailleurs ? Si les Allemands me mettaient la main dessus, ils me feraient prisonnier. Et ils ne tarderaient pas à découvrir qui j'étais. À moins qu'ils ne fusillassent sans délai les partisans.

Voilà pourquoi je cachai tout dans l'armoire au miroir. À l'exception de mon fusil, des cartouches et des grenades que je plaçai sous le lit. Cela fait, je songeai : maintenant, fouiller toute la maison, histoire d'en connaître chaque recoin, de façon à ce qu'ils ne doutent pas que j'en suis le propriétaire légitime.

Mais je n'en eus pas le temps. Une nouvelle fois, la cloche retentit.

Quand j'ouvris la porte, le courant d'air souffla la bougie. Les officiers m'éclairèrent de leurs torches électriques. Cela m'empêcha de les dévisager.

« *Heil Hitler!* Je suis le fils de la maison. Mes parents et mes deux sœurs se sont enfuis. Ils sont probablement chez mon oncle de Breslau. Vous pouvez considérer cette maison comme la vôtre. Mais je compte sur le fait que je n'aurai à déplorer aucune dégradation.

— Ne vous inquiétez pas ! Nous ne vous importunerons que si c'est vraiment nécessaire.

— L'espace ne manque pas. Vous pouvez occuper les pièces du rez-de-chaussée. Et jouer du piano si vous le souhaitez, mais pas après onze heures du soir. Je suis très affaibli, je me couche tôt. »

Je les précédai au premier. Ils m'emboîtèrent le pas en tenant leurs torches. Mon ombre tanguait sur les marches.

« Ces pièces, leur dis-je en montrant la salle de bains, la grande chambre à coucher, la bibliothèque et la pièce fermée à clef, ce sont celles que j'utilise moi-même.

— Bien entendu, bien entendu. Nous vous comprenons.

— Et au deuxième, il y a aussi de l'espace que vous pouvez utiliser, si vous l'estimez nécessaire. – Maintenant, je me vois dans l'obligation de vous souhaiter une bonne nuit. »

Avant qu'ils n'eussent pu répondre, je leur serrai la main et disparus dans la chambre. J'en entendis un qui redescendait tandis que les autres parlaient sur le palier. Au cours des premières heures, ils ne restèrent pas en place. Ils transportèrent des caisses dans les escaliers. Des voitures arrivaient et repartaient. Au loin, de puissants canons toussaient. Encore habillé, j'étais couché en travers des lits jumeaux. J'avais laissé les rideaux ouverts. La lumière dans la chambre variait constamment en fonction de l'intensité des incendies que personne n'éteignait.

Le sergent m'a capturé. « Qu'est-ce que tu projetais ? me demande-t-il. Qu'est-ce que tu croyais en réalité ? Que les Allemands resteraient ? En deux jours, comme tu le vois, on les a redégagés d'ici. Qu'est-ce que tu voulais ? Rester dans cette baraque ? Faire comme si on n'existait plus ? Où est ton uniforme ? » Mais qui sait si les Allemands ne vont pas rester ? La guerre ne peut plus durer très longtemps. Je resterai ici, enfin me reposer. À moins qu'un des officiers ne vienne me voir, les mains pleines de tracts anti-allemands. « Vous êtes le fils de la maison, n'est-ce pas ? Voici ce qu'on a trouvé sous votre toit. Qu'est-ce que cela veut dire ? Vous n'êtes pas du tout malade. Vous, le seul à être resté dans une ville que tout le monde a fuie. Vous êtes un espion, avouez-le ! Allez, suivez-moi, dans le jardin derrière la maison. On va mettre fin à tout ça d'une balle dans votre nuque. » Comment prouver que je ne suis pas le fils de la maison ? En tirant de sa cachette, qui sait, mon uniforme russe ?

Je pense alors à la pièce fermée à clef. Avant de partir, les propriétaires y ont entreposé tout le matériel incriminant. Il me faut juste faire en sorte que les Allemands n'y pénètrent pas. Ainsi, je ne serai pas en danger.

Moi, le fils de la maison, songeai-je le lendemain matin en me réveillant – le silence régnait partout. J'ai passé toute ma vie ici. C'est ma maison.

Dans le corridor, il y avait un tas de sous-vêtements sales. Les officiers avaient ôté une tête d'ours du mur pour utiliser le crochet en guise de patère. La porte menant à la cave était défoncée. Très bien, je n'aurais pas à le faire moi-même. Je descendis. Le lieu regorgeait à tel point de denrées alimentaires de toutes sortes, fèves et sucre dans des sacs, boîtes de conserve et bocaux sur des étagères, bouteilles de vin remplissant des rayonnages, qu'il m'aurait été impossible, au fond, de dire si quoi que ce soit avait disparu. Ce que je ne tolérerais pas, malgré tout. Moi, le fils de la maison.

L'après-midi, voyant un colonel entrer, j'allai à sa rencontre pour me plaindre.

« Les gars étaient très fatigués, me répondit-il. Dans cet état, on n'y regarde pas de si près. »

Il ôta sa casquette et se passa une main dans les cheveux. Sa nuque et son occiput, d'un blanc mousseux, n'avaient pas été rasés depuis longtemps.

« Une fatigue qui ne les a pas empêchés d'enfoncer la porte », répliquai-je.

Le colonel se recoiffa, se mit en colère et cria que ça ne se reproduirait jamais plus. Au moment où il passait devant moi, j'inclinai la tête, comme si cela pouvait m'aider à l'oublier pour de bon. Je voulais être seul, tout seul.

Tard dans la soirée, un caporal armurier vint m'apporter deux clefs neuves. Il avait posé une nouvelle serrure sur la porte de la cave.

« Combien de clefs avez-vous gardées pour vous et vos comparses ? je lui demandai.

— Vous, vous êtes un farceur. »

Rien ne devait, par la suite, laisser paraître qu'il en avait gardé à mon insu. Je ne constatai d'ailleurs plus aucun désordre. Une semaine plus tard, un matin, deux officiers battaient les tapis dans le jardin. Au piano, ils exécutaient uniquement des pièces classiques. Toujours les mêmes : *La Lettre à Élise* de Beethoven ainsi que la *Marche turque*.

Sous la porte de ma chambre, une main glissa un papier portant une signature et deux tampons. Il était interdit à tout civil de rester dans la localité, mais on m'accordait une dispense. La guerre s'était quelque peu éloignée des environs. Le calme régnait dans les rues. Il n'y avait plus de combats à proximité ; hormis quelques rares soldats allemands, on ne voyait personne. De temps à autre, j'effectuais une promenade dans un parc voisin où se dressait un *kursaal* déserté, bâtiment du XIXe siècle aux colonnes jaunes dont les stucs s'écaillaient. Une explosion avait soufflé les vitres des portes et des fenêtres. J'entrai dans les lieux. Une grande salle de repos abritait des canapés en peluche rouge, alignés le long des murs, ainsi qu'une balustrade circulaire au milieu de l'espace carrelé. En contrebas s'étendait un sous-sol ouvert où une installation en nickel et en verre était fixée sur la bouche de la source. Progressivement, l'eau montait dans cette cave ; lors de mon premier passage à l'intérieur de l'édifice, elle parvenait à mi-hauteur de l'installation. Le lendemain, l'eau s'écoulait par les fenêtres. Comme elle ne pouvait s'évacuer plus loin pour l'instant, elle formait une douve autour du *kursaal*. Un chat se tenait sur l'appui de l'une des fenêtres. Traversant à gué, je m'approchai de lui ; il courba le dos à la manière de la lanière d'un fouet. On eût dit qu'il se composait d'un câble en acier, scindé en différentes parties : queue, tête et pattes, griffes et moustaches. Je le pris dans mes bras et retournai à la maison, lui accroché à moi comme une bardane. Quand j'eus gravi l'escalier, il me lâcha enfin. Une fois sur le sol, il dressa lentement la queue puis se glissa devant la porte de la pièce restée fermée. Il miaula, en cogna le montant de la tête. Je me mis à quatre pattes pour voir s'il y avait une fente entre le plancher et la porte. Il y en avait une en effet, mais mon odorat ne put me dire ce que le chat reniflait. À genoux près de lui je lui caressai le dos : « C'est rien. Et même si c'est quelque chose, on peut pas entrer. Viens. » De toutes les clefs sur lesquelles j'avais pu mettre la main, aucune ne passait dans la serrure en question. Je repris l'animal dans mes bras et le conduisis dans ma chambre. Puis, alors que je me proposais d'aller dans le jardin, je tombai de nouveau sur le colonel, dans le corridor. Il me demanda si j'avais d'autres réclamations, sur quoi que ce fût.

« Non, répondis-je, ce n'était pas si grave, étant donné les circonstances exceptionnelles que l'on sait. En temps de guerre, on n'est pas tous capables de se comporter courtoisement à longueur de journée. »

Je suis prêt à tout excuser, pensai-je à part moi, mais laissez-moi tranquille le plus vite possible.

« Des circonstances exceptionnelles ! s'écria-t-il. Moi, je ne reconnais aucune circonstance exceptionnelle ! »

Il faisait un temps clair et ensoleillé. Seul le babil des oiseaux nous parvenait. Il se mit à tapoter ostensiblement l'extrémité d'une cigarette sur un étui en argent.

« Depuis que je sers mon pays, poursuivit-il, je me rase tous les matins, à six heures et demie pile, à l'eau chaude. Aujourd'hui, cela fait exactement quarante ans que je sers mon pays. Rasé à l'eau chaude, guerre ou pas guerre ! Voilà ce que j'entends par le mot "culture" ! »

Bien que plus grand que moi, il n'arrêtait pourtant pas de se balancer sur ses bottes, lesquelles émettaient des craquements.

« La culture ne peut constituer une excuse ! La culture, c'est l'unité ! Les circonstances exceptionnelles, ça ne sert tout au plus que d'échappatoire ! Quiconque cède à des circonstances exceptionnelles, bah ! ce n'est tout simplement plus un homme de culture ! »

Je gardais le silence. Tu me les casses, me disais-je. Il prit une pose un peu plus décontractée, en appui sur une jambe, tout en laissant l'autre aller et venir sur son talon, et en poursuivant : « Pendant la dernière guerre, le feu roulant des Britanniques a commencé, un matin, à six heures et quart. À six heures et demie, je me suis rasé. Comme il faisait trop sombre dans la tranchée, je me suis perché sur une petite élévation de terre. Ça m'a coûté la moitié de mon petit doigt. Il n'empêche, à sept heures et demie, je prenais mon petit-déjeuner ! »

Il s'arrêta, me regarda. Ne me montra pas la moitié indemne de son auriculaire. Ce qu'il entendait par « culture », je m'en fichais. Ce qu'il pensait de quelque sujet que ce fût, je m'en fichais. Je me promis de l'éviter, d'éviter tout le monde. Parler, à quoi ça pouvait bien servir ? Il y avait tellement longtemps que je n'avais plus parlé ; à présent que l'occasion se présentait, ça n'aurait pu que causer ma perte.

Je sortis par la double porte du fond, traversai la terrasse de marbre et descendis dans le jardin, ainsi que je l'avais déjà fait à maintes reprises. Je levai les yeux sur les deux fenêtres qui, selon mes déductions, correspondaient à la pièce fermée à clef. Elles ne révélaient rien. Comme depuis le début, elles étaient occultées de haut en bas. Rien n'avait changé. Allant et venant, je mémorisai toutes les saillies de la façade arrière : châssis des fenêtres, gouttières. Je ne voyais aucun moyen d'en atteindre les margelles sans recourir, par exemple, à une échelle. Même en passant par la fenêtre d'une pièce attenante, je n'y parviendrais pas.

De retour à l'intérieur, je poussai la porte de ma chambre en écartant le chat qui était couché derrière. Il chercha à se faufiler entre mes jambes pour gagner la pièce fermée, mais je parvins à l'attraper par la peau du cou. Ensemble, nous nous allongeâmes sur le lit, moi l'enserrant contre ma poitrine.

« Rien ne doit changer, je lui glissai à l'oreille. Nous, on reste ici. Tout reste en l'état. Un jour, la guerre sera finie. Les Allemands vont partir. Et nous, on va rester ici, pour toujours. »

Le chat secoua la tête si bien que ses oreilles émirent un léger claquement.

« Personne n'est autorisé à demeurer dans ce bourg, sauf les Allemands et moi. Les Allemands ne vont jamais découvrir que je ne suis pas le propriétaire. Et la guerre ne prendra jamais fin. Ce bourg restera toujours interdit, sauf pour moi. »

Je le soulevai par les aisselles, sentant son petit cœur battre au rythme d'une montre contre mon pouce droit. Il ne me regardait pas, tendait le cou, tête tournée sur le côté. Ses yeux, si peu mobiles dans leurs écrins de velours, fixaient le vide, considérant avec résignation, semblait-il, les conséquences d'une décision tout aussi inévitable que cruelle.

Je le lâchai. Il se réceptionna sur le plancher dans un bruit sourd puis alla s'allonger contre la porte.

Après quelques semaines supplémentaires dans cette maison, j'en arrivai pour ainsi dire à ne plus en sortir. Tout au plus me rendais-je sous la tonnelle, au fond du jardin. M'adonner à une quelconque activité ne me manquait absolument pas. Le plus souvent, je m'éternisais dans la chambre, au lit; je ne me réveillais pas avant midi et, certaines fois, je me rendormais jusqu'à la tombée du jour. Les seules choses auxquelles je me livrais ne nécessitaient aucune réflexion de ma part. Chaque jour, je prenais par ailleurs un bain, ne quittant pas la baignoire avant que les sels ne fussent tout à fait dissous. Peu à peu, le dépôt rétrécissait la cuve d'émail qui demeurait toutefois suffisamment spacieuse. Ensuite, je descendais, remontais, touchant des objets sans les examiner. Des noms figuraient sur les flacons de médicaments, les boîtes de poudre, les mouchoirs et, près d'un ourlet, sur les draps; je ne me hasardais pas à les prononcer. Des armoires, je sortis tous les habits, jetant en un tas soies, velours et fourrures, dont mon chat fit sa couche. Moi-même, je me roulai dedans, me remplissant les poumons de leurs odeurs. J'inspectai une à une vingt-cinq paires de chaussures. Car les chaussures sont les seules choses qui conservent une part de la personne qui les porte, même quand celle-ci est absente. Une chaussure conserve toujours sa forme, même quand aucun pied ne l'occupe. Une chaussure ne s'affaisse pas en une loque quand on la retire. De la paume, j'en tâtai les talons bas ainsi que les hauts tout lisses. Deux par deux, je les disposai en un cercle dans la pièce. Ainsi, vingt-cinq femmes m'entouraient. À supposer qu'elles fussent nues et invisibles, rien ne prouvait qu'elles ne se trouvaient pas là, se déhanchant, qui sait, agitant les mains au-dessus de leur tête – elles étaient à même de tout faire tant qu'elles ne bougeaient pas les pieds.

Un jour où j'avais dormi plus longtemps que de coutume, je me réveillai tellement dispos que je m'avançai dans la bibliothèque pour me plonger dans la lecture. Mais tous les livres, à l'exception de quelques volumes scientifiques allemands, étaient écrits dans une langue qui m'était inconnue. Il s'agissait de vieux tomes dont les illustrations, un rien poissantes, étaient protégées chacune par un feuillet de papier paraffiné. Tous traitaient des poissons et rien que des poissons. Dès que je m'en rendis compte, je les balançai sur les rayonnages, bien décidé à ne plus jamais remettre les pieds dans la bibliothèque. *Tous ces livres traitaient des poissons.* Le propriétaire était donc un passionné de poissons ! J'avais enfin découvert un trait de caractère de l'homme qui avait aménagé ces lieux. Un passionné de poissons ! J'avais appris quelque chose, alors que je ne voulais justement rien savoir, ni son nom, ni à quoi il ressemblait, rien ! Il n'avait jamais existé, telle était la vérité ! L'intrus, c'était lui, non moi. Il ne survivrait pas à la guerre, j'allais rester à jamais dans ces murs.

Certaines nuits, cependant, mon chat feulait des heures durant. Si je lui laissais toute liberté d'aller et de venir, il se postait systématiquement dans le couloir, miaulant devant la porte de la pièce qui n'avait toujours pas été ouverte. Il s'étirait de la nuque aux pattes postérieures, plantait ses griffes dans le tapis cloué, brûlant de lacérer le revêtement de sol pour accéder à la chambre en question. Il ne m'accordait pas une minute de répit. Je craignais que les officiers ne l'entendent, qu'ils ne montent me demander ce qui se passait, pour quelle raison ce chat s'entêtait à rester là.

Voilà pourquoi, par un matin ensoleillé, alors que je ne percevais aucun bruit et qu'aucune voiture n'était garée devant la maison, certain donc qu'aucun Allemand ne hantait les lieux, je me rendis dans l'arrière-cuisine, y pris une échelle que je plaçai contre la façade arrière, sous les fenêtres de la pièce.

Les yeux levés sur la pierre blanche dans laquelle scintillaient des millions de soleils plus petits que des têtes d'épingle, je grimpai les traverses, un tournevis et des tenailles dans la poche de mon pantalon. Mon ombre me suivait d'assez près, pareille à un singe.

« Bonjour ! Vous ne seriez pas le laveur de carreaux ? »

Je me retournai à moitié, tout mon corps en appui contre l'échelle, et regardai en contrebas.

Un homme, mains sur les hanches, penchait la tête en arrière pour me regarder. Aveuglé, je le voyais en triple comme une épreuve couleur bâclée. Il parlait allemand avec un accent qui m'était inconnu. Un homme que je n'avais jamais vu.

« Qu'est-ce que vous voulez ?

— Il faut que je vous parle ! »

Il gardait les mains sur les hanches, jambes écartées.

Quand j'arrivai en bas de l'échelle, il avait allumé une cigarette et regardait au loin.

« Qui êtes-vous ? lui demandai-je. Vos papiers ? »

Il portait un sac à dos et deux appareils photo, un au niveau de chaque hanche. Il avait les yeux noirs, noire aussi était sa fine moustache. Il me considéra de bas en haut, arrêta son regard sur mon pantalon tout en me tendant un papier. Je le dépliai. Il s'agissait d'une dispense identique en tout point à celle que je détenais, rehaussée des mêmes tampons. Je ne pris pas la peine de lire son nom. – Je n'étais plus le seul civil autorisé à entrer dans la ville ! Voilà tout ce qui me traversa l'esprit.

Je lui rendis le document.

« J'en ai un autre », dit-il en m'en remettant un second.

Il s'agissait d'une lettre portant la signature d'un général de division. Elle confirmait qu'il était le propriétaire d'une maison (je ne reconnus pas l'adresse) et qu'il était autorisé à réintégrer les lieux.

Je le regardai droit dans les yeux : « Cette adresse ne me dit rien. Je ne connais pas très bien le bourg.

— Moi, si. Suivez-moi.

— Non. Je vous refuse l'accès à ce terrain. Il a été réquisitionné par l'armée allemande. J'en suis le propriétaire. Je suis la seule personne autorisée à accéder à cette propriété. »

Mensonge stupide : à tout le moins, lui avait vécu dans la localité ; à tout le moins, lui devait connaître le vrai propriétaire. Alors que je prononçais ces mots plutôt gonflés, je compris qu'ils ne joueraient pas en ma faveur.

L'homme se retourna, s'éloigna de quelques pas, me considéra puis se dirigea vers la porte de derrière. Je le suivis, son papier à la main. Soudain, il s'arrêta et recula d'un pas.

« Le pantalon que vous portez là ne vous sied pas très bien. C'est exactement ma taille, pas la vôtre. »

Je m'appliquai cette fois à lire pour de bon le nom inscrit sur le formulaire. J'eus l'impression qu'il ressemblait à celui figurant sur les flacons de médicaments, les boîtes de poudre et le bord des draps.

L'homme entra dans la maison, jeta un œil dans les salons et s'engagea dans l'escalier, se souciant autant de moi que de quelqu'un qui n'existe pas.

Dans la chambre à coucher, il ouvrit les armoires puis les referma. J'attendis de voir s'il allait gagner la pièce fermée. Au lieu de cela, il s'assit sur l'appui de la fenêtre ouverte, son sac à dos pendu au-dessus du vide.

« Voilà comment nos alliés nous traitent ! s'exclama-t-il. Et ça se dit officier ! Voler des vêtements ! »

Il tendit la main en arrière et jeta sa cigarette dans le jardin.

Je m'étais laissé tomber sur le lit. Je le regardais en silence comme je l'aurais fait d'un film projeté pour moi seul.

« Vous avez un curieux accent, poursuivit-il. Je n'arrive pas à vous imaginer vêtu d'un uniforme d'officier allemand. Je n'arrive pas à imaginer un officier allemand portant des vêtements civils qu'il a trouvés dans une maison réquisitionnée dont il se prétend propriétaire. Non, je n'arrive pas à imaginer ça !

— Et en quoi cela me concerne-t-il ?

— Je vais me donner le temps d'y réfléchir. En attendant, je laisse ça ici. »

Il se remit sur ses pieds, posa le sac à dos sur le plancher, me prit des mains la déclaration signée par le général et quitta la chambre.

Je restai assis. Les murs avaient répercuté le son de sa voix ; les yeux des tableaux s'étaient tournés vers lui : le propriétaire, c'était lui !

Un peu plus tard, je crus l'entendre dans le jardin. Je posai les yeux sur son sac à dos. *Le propriétaire, c'était lui.* Puis je pris sous le lit mon fusil et m'approchai à quatre pattes de la fenêtre.

Il se tenait dos à la maison, à la limite de la pelouse, près de hauts rhododendrons depuis longtemps flétris. À cette heure-là de la journée, d'autres chats arrivaient régulièrement. Presque chaque jour un nouveau, poussé par la faim. Çà et là, ils prenaient le soleil, allongés dans l'herbe : le noir que j'avais ramené du *kursaal*, un tigré, un roux. Ils dormaient, ne remuaient pas. L'homme fumait une cigarette. Il tenait son bras en l'air en un V horizontal. De la fumée bleue apparaissait de temps en temps de l'autre côté de sa tête. J'épaulai le fusil. La tête de l'homme, la hausse et le guidon parfaitement alignés...

Un hurlement retentit, tout près, à mon oreille pour ainsi dire, quand je tirai. Je lâchai le fusil qui, dans un choc, bascula sur l'appui de la fenêtre, mais je le rattrapai à temps.

Alors que j'étais encore à genoux, une femme sortit de la salle de bains. Elle cria quelque chose dans une langue que je ne comprenais pas.

« Ne vous énervez pas, fis-je en allemand. J'étais en train d'inspecter mon fusil. Le coup est parti tout seul. »

Je tâtai ma poche à la recherche de mon mouchoir, ne trouvai que le tournevis et les tenailles. Le tournevis dans une main, je mimai des gestes en tenant le fusil dans l'autre. La femme portait un imperméable, boutonné jusqu'au menton. Pas de chapeau.

Brusquement, j'éclatai de rire, tenant par le canon le fusil et me tapotant la cuisse avec le tournevis.

« Où est mon mari ? demanda-t-elle en allemand. Où est mon mari ? Je ne l'ai pas vu ! »

Mon fou rire se transforma en une sorte de hoquet, une crampe contracta mes abdominaux, je souhaitais désespérément que ça s'arrête.

« Mais vous l'avez entendu, puisque vous étiez dans la salle de bains !

— Où est mon mari ? Ne m'en veuillez pas. Je suis entrée sans m'annoncer. Ne m'en veuillez pas. »

Elle avança d'un pas vers moi. Ses cheveux fins, peroxydés, formaient un casque.

« Ne vous approchez pas de la fenêtre, lui dis-je. Ne vous approchez pas de la fenêtre ! »

Je brandis le fusil, le lâchai et le rattrapai au niveau de la culasse.

Non, non, fit-elle de la tête tout en se repliant en direction de la salle de bains. Elle empoigna la tenture et se précipita derrière.

Je pris une respiration si profonde que l'air parvint jusque dans mes aines. Puis je me penchai, glissai fusil et tournevis sous le lit et m'emparai de ma baïonnette. Le soleil projetait des bandes de lumière sur le sol qu'il me fallait traverser pour passer dans la salle de bains. Je ne savais comment tenir l'arme : devant moi, serrée dans le poing, ou dans mon dos. Cependant, le soleil se retira, les couleurs du tapis reprirent le dessus et j'entrai dans la pièce attenante. La femme était debout dans le coin le plus éloigné, près de la fenêtre qui donnait sur le devant de la maison, sur le platane étêté. Dans sa main, le bâton gras d'un rouge à lèvres saillait d'un tube doré. De l'ongle du pouce, elle le fit glisser à l'intérieur et remit le tout dans son sac à main, sans regarder ce qu'elle faisait, sans fermer le sac. Elle demeurait les yeux rivés sur moi, bouche entrouverte comme celle, laquée, d'un masque en papier mâché.

« Qu'est-ce que je vous ai fait ? Qu'est-ce que je vous ai fait ? Pourquoi me criez-vous dessus ? » demanda-t-elle de la voix de quelqu'un qui suffoque.

Je contournai la baignoire, la baïonnette dans mon dos. Par bouffées, son parfum m'assaillait, à croire que sa peau, comme chauffée à blanc, évaporait tout. Je jetai la baïonnette, plaquai les mains autour de son cou et serrai. Sans lâcher prise, je tendis les bras et la poussai dans le coin, évitant de la regarder. Elle ne réagit point. Moi, je m'arrêtai de respirer, j'eus aimé me coaguler de façon à ce qu'elle ne pût jamais se libérer. Voilà ce à quoi je songeais, immobile, le regard fixé sur la fenêtre. Sur la route passa l'un de ces camions allemands aux chenilles de fer crépitantes, conçus à l'origine pour le désert. Plus je serrais, plus j'éprouvais des sensations dans les doigts. Le cartilage de son larynx allait laisser une radiographie sur ma peau. Sa peau à elle s'immisçait entre mes ongles. Le véhicule disparut au-delà du chambranle. Un moineau se posa sur la margelle de la fenêtre, trémoussa de la queue, puis s'envola, non sans laisser un sou de plâtre. En attendant, la femme n'était pas encore morte. Elle chercha à me donner un coup de pied. Je la forçai à plier les genoux et frappai à plusieurs reprises son occiput contre le bord de la baignoire jusqu'à entendre un craquement. À présent, elle ne bougeait plus.

Je la regardai et la laissai tomber par terre. Ses yeux étaient à moitié fermés, sa langue pendait, blême. Je ne peux pas la laisser comme ça, me dis-je. Je la redressai sur le bord de la baignoire, j'ouvris le robinet d'eau froide et lui aspergeai le visage. Mais je ne parvins pas à fermer sa bouche. De grosses taches apparurent sur son imperméable. Mouillés, ses cheveux peroxydés restèrent plaqués sur son crâne, on eût dit qu'elle en avait perdu beaucoup. Je la posai sur le carrelage de marbre et retournai dans la chambre à coucher pour regarder par la fenêtre.

Le soleil perçait de nouveau en inondant le jardin de derrière. Les chats n'avaient pas bougé. L'homme était affalé, tête la première, dans les rhododendrons. En fait, on ne voyait que ses pieds. Je songeai : les Allemands ne se montrent presque plus. Ils ne le remarqueront pas. Il va rester là pour le moment. Si j'entreprends de le cacher aujourd'hui et que les Allemands rentrent, ils comprendront que je ne suis pas blanc comme neige. Alors que s'ils le trouvent dans cette position, sans que je sois dans les parages immédiats, ils ne penseront pas à m'imputer quoi que ce soit. De toute façon, ils ne le trouveront pas, ils ne viennent jamais derrière la maison. Le soir, ils sont fatigués.

Un bombardier quadrimoteur rasa la propriété. L'ombre de son aile frôla les pieds de l'homme comme pour le soulever.

Je m'éloignai de la fenêtre et me plantai à l'entrée de la salle de bains. La baïonnette était ce qu'il y avait de plus proche de moi. Un peu plus en retrait, le sac à main et, au-delà encore, la femme, à moitié visible. Je m'avançai, la soulevai par les aisselles, la traînai dans la chambre et la couchai sur le côté gauche des lits jumeaux.

Cela fait, je ramassai la baïonnette et le sac que je fermai. Dans la salle de bains en marbre, il ne restait plus trace de ce qui s'était passé. Je posai la baïonnette à côté du fusil, le sac à main sur une chaise – on eût pu croire que la femme venait de s'absenter deux minutes après l'avoir occupée – sans en regarder le contenu. Et laissai le sac à dos là où l'homme l'avait déposé.

Je m'allongeai sur l'autre moitié du lit et touchai la joue de la femme. Elle n'était pas plus froide que ma propre joue. Je lui baissai les paupières ; ses yeux se fermèrent un peu plus que ceux d'une personne endormie.

Puis je m'assis en lui tournant le dos, le front dans les mains. Cette coquille osseuse sous ma peau mobile, tout vient de là : les autres, le monde, la guerre, les rêves, les cauchemars, les mots, les actes qui se produisent si naturellement qu'on ne peut s'imaginer avoir été à même, un jour, de réfléchir ; si naturellement, à croire que les actes d'un être humain sont les pensées du monde. Il nous faudrait une seconde tête pour comprendre la première. Or, je n'en ai qu'une, la voici entre mes mains, je la tiens d'une manière dont on ne tient jamais rien d'autre. Il n'empêche, si des savants n'étaient pas là pour avancer que la tête ne se confond ni avec une main ni avec un pied, on n'en saurait rien.

Des explosions commencèrent à se faire entendre. Des camions blindés les traversèrent dans le rabotement de leurs chenilles.

Quand il fit assez sombre, je retournai dans le jardin de derrière. Pas un seul Allemand n'était encore réapparu. S'ils venaient à entrer dans la propriété, ils ne me remarqueraient pas dans l'obscurité. À l'horizon, je distinguai une clarté pâle provenant des canons.

J'attrapai l'homme par les pieds, le dégageai des arbustes pour l'étendre de tout son long sur la pelouse. Les appareils photo remontèrent au-dessus de sa tête. Je le retournai, le saisis par les aisselles et le traînai sur l'herbe jusqu'à la tonnelle. Je le laissai derrière cette construction. Le premier qui le trouverait se demanderait comment ça avait pu arriver, le dépouillerait, hausserait les épaules et se soucierait peut-être même de l'enterrer.

Dans la maison régnait la même obscurité que lorsque j'étais sorti. Les Allemands n'étaient toujours pas rentrés. Mes efforts de la journée avaient été inutiles. Il me faudrait descendre la femme et l'allonger près de son mari. Demain matin, ce serait comme si de rien n'était. Je levai les yeux sur les étoiles, dans les oreilles le grondement de l'artillerie. Rester ici pour toujours, songeai-je, ici rien ne peut m'arriver. Je ne remarquerai rien si le monde entier vient à disparaître, dans la mesure où cette maison, ce gazon, tout ce que je vois autour de moi, reste identique.

Mais arrivé sur le palier, j'aperçus une lueur. Lueur qui provenait de la pièce qui avait toujours été fermée à clef. Dans l'instant, je saisis que je n'avais cessé de me trimbaler un poignard dans le ventre, et que ce poignard était à présent planté tout droit dans mon cœur. Mon sang quittait ses itinéraires habituels et bouillonnait, tourbillonnait, comme dans un tonneau.

Je me raccrochai à la rampe de l'escalier. La porte de la pièce était entrouverte. Aucun bruit ne me parvenait. Peut-être n'y avait-il personne, peut-être quelqu'un était simplement passé avant d'oublier d'éteindre. Les mains tendues devant moi, j'avançai vers la porte. Une clef, accrochée à un trousseau, était dans la serrure. Je n'étais pas armé. J'approchais de la fin. Elle avait toujours été dans cette pièce et voilà qu'elle éclatait : pareille à une caisse de dynamite. Je retirai la clef de la serrure, poussai un peu plus la porte. Un chat, auquel je fis mal au passage, piaula. Je vis ses yeux au milieu de nitescences comme dans une caverne anthracite ; la lumière provenait de partout.

En réalité, elle provenait d'une seule lampe, une lampe que maniait un homme.

Il se tenait dos à moi, perché sur un escabeau. Il ne m'avait pas entendu. Il leva sa lampe à huile et tendit son autre main. Je vis dans quoi. Il s'agissait d'un aquarium. Tous les murs étaient tapissés d'étagères d'aquariums.

« Qui êtes-vous ?! » je criai.

L'homme, cependant, ne prit pas même la peine de tourner la tête de mon côté. Je perçus uniquement des glouglous ainsi que des tirs au loin. J'avançai alors de quelques pas jusqu'à arriver près de lui et à tirer sur sa jambe de pantalon.

« Vous êtes sourd ? »

Il ne trahit pas le moindre signe d'effroi, se tourna, tremblotant sur son étroit escabeau, retirant sa main de l'eau. Des gouttes tombèrent de ses doigts sur mon visage. Le chat bondit contre lui, l'homme se pencha et le repoussa. Il paraissait m'ignorer. On eût dit que je n'avais cessé d'entrer et de sortir de cette pièce et qu'il n'avait en conséquence plus rien à me dire.

« Répondez ! Répondez ! »

Je saisis sa main mouillée.

C'est alors seulement qu'il descendit de son perchoir en maintenant sa lampe entre nos visages. Il portait une barbe, mais uniquement de deux ou trois jours. Jamais je n'avais vu quelqu'un d'aussi vieux.

« J'ai beaucoup de poissons, fit-il soudain sur un ton interrogateur. À foison, à profusion, *Herr Hauptmann*. Ils ont faim, mais ne sont pas encore morts. »

Il dirigea sa lampe sur un aquarium et m'invita à approcher.

« Arrêtez de faire le sourd ! m'écriai-je. Depuis combien de temps êtes-vous dans la maison ? Vous avez tout entendu, le coup de feu, les cris ! »

Il montrait du doigt la paroi de verre où je ne voyais rien si ce n'est le reflet de sa lampe.

« Grâce à ce couple, j'en ai obtenu vingt-six autres. Ce que personne n'avait réussi à faire en Europe. On n'en trouve qu'au Mexique, à une altitude de 4 500 mètres, au-dessus de la limite des neiges persistantes. Certes, l'eau ne gèle pas, car elle provient d'une source volcanique. C'est alors que j'ai découvert que notre source Sainte-Catherine, ici, est exactement à la même température. Il y a trente ans, on ne disposait pas encore de thermostats électriques. J'ai fait poser un tuyau pour m'alimenter en eau...

— Les tarés, je les abats sans délai ! m'écriai-je, les mains en forme d'entonnoir contre son oreille.

— Oh ! ç'a été un sacré travail ! »

Il poursuivit son monologue. C'est alors que j'entendis des centaines de bombardiers. Le tintamarre de l'artillerie antiaérienne approchait.

« *Herr Hauptmann !* Je vous ennuie avec mes histoires, mais c'est pour que vous sachiez que cette maison recèle un bien culturel sans pareil. Vous, vous l'avez respecté ! s'exclama-t-il alors que le faisceau de sa lampe oscillait dans sa main fatiguée. Je rends hommage à la manière dont vous avez défendu la culture.

— Elle, elle gît dans la chambre, lui dis-je en l'agrippant par les bras. Lui, il gît derrière la tonnelle ! Vous êtes au courant de tout. Mais je vous fais peur ! Vous redoutez que je vous batte à mort et vous écartèle !

— Autorisez-moi à rester ici, *Herr Hauptmann !* Sans mes poissons, je ne suis rien et sans moi, mes poissons ne sont rien. Moi mort, cette collection sans pareille mourra. J'y ai consacré quatre-vingts ans de ma vie. Depuis l'âge de seize ans. »

Depuis que je séjournais dans ce gros bourg, jamais je n'avais entendu des tirs aussi soutenus qu'en ce moment. Comment savoir s'il les entendait lui aussi ?

« *Herr Hauptmann*, je viens de passer deux semaines sur les routes. Je n'ai rien mangé, mais pour eux, j'avais de la nourriture sur moi, là-dedans ! précisa-t-il en ramassant par terre un sac de coton et en glissant sa main dedans. Quatorze espèces différentes ! Vous ne savez pas combien il est difficile de se les procurer de nos jours ! En chemin, mon fils et ma bru ont été touchés par une grenade.

— Tu mens ! »

Je lui arrachai la lampe que je plaçai sous ma bouche. Sourd comme un pot, mais capable, qui sait, de lire sur les lèvres.

« *Du lügst* – je murmurai très lentement.

— J'ai quatre-vingt-seize ans et je suis seul au monde. *Herr Hauptmann...* »

Il ouvrait tous les registres à la fois : ses poissons, sa collection unique au monde, la culture, sa bru, lui seul au monde... On eût dit une pieuvre jouant de l'orgue de cinéma.

« *Herr Hauptmann !* L'Allemagne gagne sur tous les fronts. L'arme secrète. La guerre va... »

Il parlait encore lorsqu'une bombe tomba tout près d'ici. Et continua alors que je lui fourrais sa lampe dans la main et sortais son trousseau de clefs de ma poche. Je pointai les lèvres en avant, les tapotai de l'index, pris le chat et quittai la pièce à reculons. Je fermai la porte à double tour. Il n'avait qu'à rester là. Peut-être se mettrait-il à crier et à frapper contre la porte. Si les Allemands l'entendaient, je verrais le moment venu comment m'en tirer. Je pourrais leur expliquer qu'il était fou : mon grand-père, ce pauvre fou, qui soutient ne m'avoir jamais vu, car il ne me reconnaît plus. Voilà ce que je leur dirais. Les bombes tombaient, toujours plus près. Je les entendais siffler. Les objets fragiles, tout ce qui n'était pas fixé à un support, tremblaient. Qui sait si l'une d'elles n'allait pas tomber sur la maison. Je me dis que cela me procurerait un grand contentement.

Dans la chambre à coucher, j'ouvris les rideaux. On eût dit que les environs étaient en feu. L'artillerie antiaérienne ne tirait plus.

Je voyais distinctement la morte. Je m'assis près d'elle sur le lit et touchai du bout des doigts son visage. Il était froid à présent. Je glissai la main sous son imperméable, sous sa jupe puis la posai sur sa cuisse. Froide ; une chose ; de l'eau et des protéines ; un objet d'étude pour les chimistes, rien d'autre. J'essayai de plier sa jambe. De porter la femme dans mes bras. Non, la mettre sur l'épaule et garder une main libre pour ouvrir les portes, pour tenir la rambarde de l'escalier. Puis traverser le jardin, la déposer derrière la tonnelle, près de son mari. Il ne devait pas faire nuit noire dans le jardin. Je me levai, réfléchissant à la façon de la mettre sur mon épaule.

C'est alors que j'entendis des pas dans l'escalier. Les Allemands se criaient dessus, des objets lourds cognaient les murs. Je me précipitai vers la porte, en saisis le bouton, me figurant tout à coup qu'ils chercheraient à entrer dans ma chambre. Je restai ainsi jusqu'à ce qu'ils soient repartis. Je retournai alors m'allonger à côté de la femme. Je fermai les yeux et posai la main sur différentes parties de son corps, m'attendant à ce qu'il soit encore en vie çà et là, à ce qu'il bouge au moins un tout petit peu, frissonne ou se dilate et rétrécisse imperceptiblement.

Je me réveillai au milieu de longues salves de mitrailleuses. Pourtant, ce n'était pas ce vacarme qui avait mis fin à mon sommeil. Quelqu'un frappait à ma porte. Je pensai : le vieux a donné l'alerte. Les Allemands l'ont laissé sortir. Ils viennent me demander ce que tout cela signifie. Je me mis sur mes jambes. Pourquoi ne pas ouvrir la porte ?

En effet, c'était le colonel.

« *Entschuldigen Sie* », dit-il.

Le vieux n'était pas dans le couloir.

Le colonel ne cessait d'attraper et de relâcher son pouce gauche de la main droite. Après quelques mots d'excuse, il poursuivit : « Je suis venu vous mettre au courant. La ville est encerclée par les bolcheviks. Je passais vous prévenir. Les autres messieurs ont été tués. Nous sommes encerclés, encerclés.

— Je vous remercie. »

Je fis un pas en arrière dans l'intention de fermer la porte le plus vite possible.

« Non, une seconde. Pourquoi ne pas faire quelque chose ensemble ? Pourquoi ne pas nous échapper, vous et moi ?

— Oui, c'est une idée merveilleuse ! Restez ici ! Accordez-moi une minute ! Je suis tout de suite à votre disposition ! »

Je claquai la porte et me précipitai devant l'armoire à glace. J'en sortis mon uniforme, jeté en boule dans un coin, et l'enfilai. Tout en bouclant mon ceinturon, je m'agenouillai près du lit puis m'emparai de mon fusil. Je fixai la baïonnette au canon. Et serrai la jugulaire de mon casque sous mon menton.

C'est ainsi accoutré que j'apparus dans le couloir. Le colonel leva les mains en l'air. Pointant la baïonnette dans son dos, je le forçai à descendre l'escalier. Dans le corridor, devant les portes du fond, il se tourna vers moi et, les bras toujours dressés, me dit :

« Ayez l'obligeance de me permettre de me raser. »

Il avait légèrement baissé le bras gauche pour consulter sa montre. Je pus voir parfaitement son petit doigt étêté.

« Il est sept heures pile, mon nécessaire de rasage est dans ma poche de poitrine. Ça sera fait en moins de rien. »

Le ton sur lequel il s'exprimait venait ajouter à ses mots : Je sais que c'est fini. Je vous demande une ultime faveur.

Il s'attendait sans aucun doute à ce que je me propose de l'abattre dans le jardin et rien d'autre.

« Non, dis-je. C'est moi qui décide de ce qui va se passer. »

Je l'écartai de devant les portes qui menaient au jardin. De la main gauche, j'ouvris celle de la cave.

Mon fusil dans le dos et la clef de la cave dans la poche, je réfléchis un instant. Je me retrouvais là, tout comme au début, soldat crasseux entre des murs de marbre, sur les tapis d'une maison étrangère. N'ayant pu gravir la pente, le temps roulait à rebours.

En entrant dans la pièce fermée, je trouvai le vieil homme assis sur son escabeau, devant la fenêtre dont il avait retiré le papier qui l'occultait. Son index allait et venait sur la paroi d'un aquarium. De l'autre côté, deux poissons-paradis pressaient leur museau contre le verre, comme pour embrasser ses doigts. Il leur parlait en hongrois.

Je lui mis dans les mains un pichet de café froid et un morceau de pain.

« Bonjour, *Herr Hauptmann.* »

Il ne montra pas le moindre étonnement, incapable qu'il était de faire la distinction entre les uniformes des deux belligérants.

« Vous prenez parfaitement soin d'un vieillard. Votre hospitalité fait honneur à l'armée allemande. »

Le soleil levant faisait rougeoyer le ciel. La pièce elle aussi devenait rouge. Des balles sifflaient dans le jardin. De courtes éruptions fleurissaient sur la toile de fond d'un vague brouhaha. Je regardai les aquariums dans lesquels les poissons évoluaient au milieu de leur eau verte comme sur une autre planète.

« *Herr Hauptmann*, j'ai de quoi les garder en vie pendant trois mois ! »

Je m'approchai de lui, lui attrapai la main et plaquai l'autre sous son menton. J'avançai mon visage tout près du sien et criai :

« Maintenant, écoutez-moi bien ! »

Il rigola.

« Mais bien sûr, *Herr Hauptmann*. La glorieuse armée allemande ! Les défenseurs de notre culture ! »

Il prononça ces paroles comme si quelqu'un les lui soufflait. On lui avait enfoncé ça dans le crâne au cas où il lui faudrait lécher les bottes des Allemands, de la même façon qu'on attrape des oiseaux en leur jetant du sel sur la queue. Seule la culture lui importait.

J'éclatai de rire, me maîtrisai malgré tout pour ne pas le frapper.

« Maintenant, écoutez-moi bien ! Les Allemands, partis ! Partis jusqu'au dernier ! Y reviendront jamais !

— Mais bien sûr, *Herr Hauptmann*. La guerre bientôt finie. L'arme secrète. *Heil Hitler !* »

Il tendit bras et main en avant. Je pétris ses épaules pour voir s'il m'était possible de lui transmettre mes intentions à travers mes doigts.

« Non ! Perdu, Allemands ! Allemands, morts. Têtes, tombées ! »

Je fis aller et venir la tranche de ma main sur ma pomme d'Adam.

« Bien entendu, dit-il, il faut exécuter les principaux responsables ! »

Je criai à m'en déchirer les cordes vocales : « Non ! Maintenant Russes ici ! Plus jamais dire *Heil Hitler !* »

Je le désignai du doigt et fis de nouveau mine de me trancher la gorge.

Le vieillard leva les mains dans un geste apeuré.

« Oh, non ! Moi, j'aime beaucoup l'Allemagne !

— Non ! Perdu, Allemagne. Allemagne, *kaputt !* Hitler (je tendis la main en l'air), Hitler *kaputt !* Tête coupée ! »

Il rit en secouant la tête, ouvrit le sac contenant la nourriture des poissons et plongea la main dedans.

J'entendis d'importantes colonnes de véhicules passer dans les rues. La mitraille avait cessé. Il me fallait me dépêcher. S'il ne comprenait pas, je n'y pouvais rien, plus rien. Je quittai la pièce, pris un crayon et un bout de papier dans la bibliothèque. Dessus, j'écrivis en allemand et en majuscules : Allemagne *kaputt.* Les Soviets arrivent. Ne dites plus jamais *Heil Hitler.* N'oubliez pas, autrement les Russes vont vous tuer et vont manger vos poissons.

Un bout de papier que je lui glissai dans la main. Avant de lui rendre ses clefs. Quand je tirai la porte derrière moi, il ricanait encore, en train de chercher la meilleure distance pour déchiffrer mes lettres.

Je traversai le perron puis la pelouse, franchis la grille et rejoignis les partisans qui défilaient en chantant derrière des charrettes bâchées, tirées par de petits chevaux.

La plupart des maisons du bourg étaient en feu. De denses nuages de vapeur s'échappaient des brasiers, car, aux coins des rues, l'eau continuait de jaillir des fontaines.

Sur la place du marché, je jetai un regard circulaire pour voir si l'on avait entrepris d'établir un QG où je pourrais me présenter. Je savais exactement ce que je dirais quand on me demanderait ce que j'avais fabriqué pendant tous ces mois. Ils me confieraient alors une nouvelle mission à laquelle je ne comprendrais goutte. Peu importait. – Tant qu'eux me comprenaient !

Je me retrouvais au même endroit que lorsque j'avais vu le sergent pour la dernière fois, devant le café à présent effondré. Tout à fait, exactement au même endroit.

Mais qui arrivait là-bas ? L'Espagnol qui parlait français, le *yesero* ! Il me reconnut sur-le-champ.

« Ah, *amigo mi... mon ami* !* Comment ça va ? Où étais-tu passé ? »

Je lui resservis la même histoire qu'auparavant.

« Capturé par les Allemands. Ici ! Allemands enfuis !

— Magnifique ! Bien !

— Ont pas pu me garder ! Moi, enfuis ! Moi avoir capturé Allemand. Viens !

— Toujours la même histoire, dit-il, d'abord eux, puis toi ! T'as encore soif ? »

Il tira de son sac une grosse bouteille de prune. Je bus et pensai : comment vais-je me débarrasser de lui cette fois ? Qu'est-ce que je peux inventer ? Après avoir pris une grande inspiration, j'avalai une deuxième longue gorgée d'eau-de-vie.

Il resta à mes côtés. Je fis un petit bout de chemin, il m'emboîta le pas. Tout un groupe nous suivit, s'amassa autour de nous, tous se faisant passer des bouteilles.

« Les femmes, fit l'Espagnol... Toi, le Hollandais, t'en connais pas des femmes ?

— Si, y en a une dans la même maison. Pour toi et moi. Une belle femme. Renvoie les autres. »

Il s'arrêta et fit un discours. Je ne sais ce qu'il leur communiqua. De grands rires fusèrent. Ses paroles n'eurent pas le moindre effet. Tous continuèrent de nous suivre.

« Hé ! l'Espagnol, camarade ! Renvoie-les ! Belle femme ! *Pour toi seulement* ! »

Au lieu de m'écouter, il me repassa la bouteille et je bus de nombreuses gorgées.

C'est ainsi qu'on entra dans le jardin. Une fois sur le perron, je me retournai et levai la main en l'air. J'ouvris grand la bouche et criai. En français, espagnol, allemand, néerlandais : je produisis tellement de sons qu'il dut y avoir en outre des mots en monténégrin, russe, serbe, bulgare et roumain. J'avais une vue d'ensemble sur le jardin en pente, fourmillant de partisans. Ils avancèrent, me poussèrent d'avant en arrière. Je leur expliquai que mon prisonnier ne se trouvait pas du tout là. Leur dis que je n'avais jamais fait le moindre prisonnier de guerre ! Il avait disparu, pfft !... envolé ! Mais derrière moi, j'entendis le bris du verre de la porte d'entrée. Ils en forcèrent la serrure. Ils me bousculèrent. Agglutinés autour de moi, ils mendiaient dans un allemand très approximatif : « Hollandais, où est prisonnier ? »

Je me laissai tomber sur le canapé, leur tendis la clef de la cave puis restai assis.

Partout retentit un grand tapage. Les soldats empruntaient les escaliers, les couloirs des étages. De plus en plus s'engouffraient dans le corridor.

L'Espagnol reparut alors, un rasoir à la main, ouvert et sanguinolent. Deux autres gars tenaient le colonel, à peine en état de faire deux pas, par le col. Lequel avait pris la peine de se raser. Puis il avait essayé de se trancher le cou, mais avait raté de peu la carotide. Il ne disait rien.

Moi non plus. Je lui tendis mon mouchoir dont s'empara l'Espagnol pour le nouer autour du cou du prisonnier. Les deux autres le traînèrent au salon, et le *yesero* vint s'asseoir à côté de moi.

« Hollandais, où est la femme ? me demanda-t-il en plaçant un bras autour de mes épaules. Tu as tout... maison... colonel allemand... vin... nourriture... tout. Où est femme ? Moi, pas femme depuis trois mois ! Pour Espagnol, pas possible, non, Hollandais, pas possible pour Espagnol. »

Il brisa le goulot d'une bouteille et me versa l'alcool sur la figure.

Une nouvelle vague de partisans remonta de la cave. Certains avaient rempli des casiers de bouteilles de vin. D'autres donnaient des coups de botte pour casser les bocaux dont ils mangeaient la moitié du contenu avec les mains. Comme d'autres encore essayaient d'allumer la cuisinière, une forte odeur de brûlé et de la fumée bleue envahirent le corridor ; ceux censés jouer aux cuisiniers étaient juste capables d'en mettre partout.

Qu'avait bien pu faire le vieillard ? Était-il toujours au premier ? S'était-il enfui ? Était-il dans le jardin ? Je m'apprêtais à aller voir s'il s'y trouvait. Mais à ce moment-là, une bagarre éclata dans l'escalier. En même temps, quelqu'un se mit à tirer au revolver sur les têtes de cerf accrochées à l'un des murs. La rampe dorée craqua, s'inclina et s'écrasa au rez-de-chaussée. Les chérubins du plafond se détachèrent de leurs cieux et, pour la première fois de leur existence, volèrent. Dans une brumaille de poussière, la moitié d'une compagnie de partisans échangeait des coups par terre. Deux, dont on ne pouvait plus tirer le moindre mouvement, gisaient dans le corridor tandis que les autres décampaient. Je tournai en rond sans rien faire d'autre.

Un calme relatif était revenu dans la maison. Les vainqueurs s'étaient retirés par grappes. Tout ce sur quoi ils avaient pu mettre la main, chacun l'avait détruit ou souillé selon son gré. J'avais perdu l'Espagnol. Mais je tombai sur lui alors que je me dirigeais vers l'escalier. Il me retint par le bras.

« Viens, lui dis-je, belle femme. Au premier.

— Non, pas au premier. »

Je le tirai sur les premières marches. On chancela l'un autour de l'autre, trébuchant sur les barreaux de la rampe, glissant sur les éclats de verre convexe et la bouillasse constituée de nourriture piétinée.

« Non, pas au premier ! cria-t-il en me tirant vers lui.

— Très bien, je monte tout seul. »

Mais je ne pus m'arracher à sa poigne tant il était costaud. Je n'avais pas de revolver, je n'avais rien, plus même mon casque. Il tourna mes poignets et m'entraîna du bas de l'escalier au salon. Il me jeta sur un canapé, entre deux partisans qui portaient un masque – des visages découpés à même des tableaux. Les buffets anciens étaient défoncés ; un gars était en train de broyer sous ses pieds assiettes, soucoupes et tasses, une à une.

D'autres se livraient à un jeu pour le moins bizarre. Ils tiraient sur le papier peint et regardaient lequel d'entre eux avait arraché en un seul mouvement la plus longue bande. Quelle récompense remportait le gagnant ? Le colonel était saucissonné par terre, contre la boiserie. Ils l'avaient frappé avec un tableau ; toile crevée, le cadre reposait sur ses épaules. Le gagnant s'approcha de lui et lui flanqua un coup de pied. Puis il interpella trois soldats qui venaient de faire leur grosse commission dans des vases de la véranda ; tout en remontant leurs pantalons, ils le rejoignirent. Ils basculèrent le piano à queue. À coups de pied, ils désossèrent le couvercle et la table d'harmonie. L'instrument tomba à plusieurs reprises, brisant une chaise et quelques tables basses. Pourtant, ils le remirent sur ses pattes, contre le mur, le clavier par terre. Ils arrachèrent une par une les cordes du squelette, lesquelles lâchaient ou rompaient en un claquement sec.

Avec les plus épaisses d'entre elles, ils ligotèrent l'Allemand dans la carcasse dorée ; puis ils l'étirèrent comme on le ferait d'une peau d'animal. Bien qu'il gardât les yeux fermés, il n'était pas évanoui. Par instants, toutefois, il levait les paupières et regardait autour de lui, s'efforçant de repousser une pointe de mon mouchoir qui le chatouillait en soufflant dessus. Ses lèvres se serraient à la manière de celles d'un gourmet qui goûte un plat, ou comme certains font quand ils viennent de prononcer des paroles qu'ils estiment remarquables. Mais lui ne disait rien. Rien ne me permettait de déduire qu'il m'avait vu.

Deux soldats entrèrent alors, d'énormes verres à vin dans les mains. Ils portaient plusieurs robes passées les unes sur les autres. La figure peinturlurée. Ils avaient enfilé tant bien que mal sur leurs jambes nues des bas en soie pleins de trous, tout tirebouchonnés. Je regardai les verres anciens. Ils étaient remplis de poissons tropicaux qui suffoquaient. De partout, des soldats s'approchaient d'eux. Les deux qui me tenaient sur le canapé me lâchèrent.

Je réussis à m'éclipser. J'espérais pouvoir monter enfin au premier. Mais l'escalier ne dégorgeait pas. La crosse d'un fusil se plaqua contre mes lèvres. On m'attrapa et me jeta dans le jardin. À plat ventre, bras ramenés autour de la tête, j'encaissai des coups de pied dans les flancs. Quand les gars arrêtèrent, je me relevai et gagnai la tonnelle, la bouche pleine. Là, je m'assis sur la banquette. Je crachai mes dents entre mes brodequins.

Pour le reste, les partisans me laissèrent tranquille.

Je levai les yeux sur les fenêtres de la pièce aux aquariums. Il n'y avait rien de particulier. Elles étaient noires comme d'habitude. L'échelle que j'avais dressée là la veille au matin n'avait pas bougé. Qu'y a-t-il de plus facile que de casser des carreaux, de renverser une échelle ? Or, rien de cela ne s'était passé. On eût dit que cela faisait encore sens de grimper sur cette échelle pour forcer la fenêtre, que j'en avais été simplement empêché par une broutille.

Des coups de feu retentirent partout dans les environs. Je vis les soldats entrer et sortir de la maison. J'entendis des chants et des cris. Après avoir vomi, je m'endormis à moitié.

Quand le soir se fit, je me levai et rentrai dans la maison en titubant. On n'y décelait plus aucun mouvement, ni dans le corridor, ni dans les différentes pièces. Frottant allumette sur allumette, j'avançai. De grosses flaques de sucre luisaient comme de la glace. Au niveau de l'escalier, il n'y avait personne si ce n'est les deux partisans qui n'avaient pas survécu au bris de la rampe. Les portes étaient fermées. Si une radio braillait dans le salon, aucune voix humaine ne semblait s'élever nulle part.

De l'eau dégoulinait des murs. Mes pas émettaient des plouf plouf. C'est alors que j'aperçus le matou noir dans un coin, qui léchait de la nourriture piétinée. Je le pris dans mes bras : « Maintenant, tu sais. Tu sais ce qu'il y avait dans la chambre. Maintenant que tu y es allé. »

Ses yeux faisaient penser à ceux d'un Chinois en ce sens qu'on avait l'impression qu'il eût mieux valu qu'ils ne s'ouvrent jamais. Le chat se débattit. Je jetai l'allumette que je tenais et appuyai la tête de l'animal contre ma joue. Mais il souffla et, de sa patte arrière, me griffa la main. Dès que je le lâchai, il retourna dans son coin et reprit son festin.

J'entrepris de monter l'escalier. Il me fallut m'agripper à des lambeaux du chemin de tapis.

La porte de la pièce aux aquariums était grande ouverte. Je grattai une nouvelle allumette. Tous les récipients avaient été fracassés, plantes et débris de verre jonchaient pêle-mêle le sol. Point de trace du vieillard.

Trébuchant sur les livres de la bibliothèque qui obstruaient le passage en formant des masses traîtresses, je gagnai la chambre à coucher.

Je plongeai les mains dans les montagnes mouillées de matelas, d'oreillers, de couvertures, de draps. Sans trouver le corps de la femme. Le vieil homme et la femme avaient tous deux disparu, tout aussi naturellement qu'ils étaient apparus, tout aussi naturellement que tout ce qui s'était passé. Je crus cela possible, tout à fait possible.

Mais en passant à la salle de bains, d'où provenait le bruit continu de l'eau qui coulait des robinets, une effroyable explication s'imposa à moi, quant à la disparition du vieillard, lorsque je vis la baignoire qui débordait. Le curieux sens de l'humour des partisans m'avait déjà tellement contaminé que je m'attendais à une chose et une seule : le trouver dans la baignoire, noyé. Ils l'avaient saucissonné et balancé dans l'eau. Ne devait-il pas faire cette expérience un jour, lui qui était toqué de poissons ? À l'aveuglette, je m'avançai. Je plongeai le bras dans l'eau jusqu'à l'aisselle, mais ne trouvai rien si ce n'est des immondices comme dans le reste de la maison.

Je fermai les robinets, histoire de me rendre au moins utile. Comme l'un d'eux tournait fou, l'eau continua de couler.

Je descendis alors dans le jardin et me rallongeai sur la banquette de la tonnelle. Le soleil ne tarderait pas à se montrer. Le vent se leva et de la neige, aussi fine que du sel, poudroya par les buissons et les broussailles en bourrasques horizontales.

Aux premières lueurs du jour, je quittai la banquette et me dirigeai vers l'arrière de la tonnelle. Au-delà de la pelouse, sur de l'herbe et des orties, le propriétaire des lieux gisait toujours dans la position où je l'avais laissé : bouche grande ouverte, cigarette à moitié consumée tombée au fond de la gorge, semblable à un pistil dans une fleur. J'aspirai du sang de mes mâchoires édentées et l'avalai. Accroupi, je détachai ses deux appareils photo et les passai sur mes épaules. Je lui pris aussi sa montre-bracelet en or.

Alors que les partisans quittaient la ville, je vis, de retour sur la pelouse, devant l'habitation, ce qu'il était advenu du vieillard. Ils l'avaient pendu au platane. Épinglé sur son ventre, le papier que j'avais écrit à son intention : *Deutschland kaputt. Jetzt kommen die Sowjets. Nie mehr Heil Hitler sagen. Sonst machen die Russen Sie tot und fressen ihre Fische auf.*

À une autre branche taillée, le colonel et, attaché contre lui, le cadavre nu de la femme. Ils avaient pendu l'officier avec une corde du piano, qui lui avait entaillé la nuque jusqu'au niveau de la colonne vertébrale.

Je me retournai et regardai la maison. Elle paraissait toujours intacte, même si certains voilages étaient déchirés. Je me précipitai en avant, traversai le perron et jetai une grenade au fond du corridor.

On passait la grille au pas quand l'explosion se fit entendre. Les partisans regardèrent cela comme « l'ultime blague » sur le gâteau. Ils se mirent à tirer sur mon uniforme, à me pousser, me demandant si je voulais troquer les appareils photo. Je sentais que j'allais devenir très populaire.

Je me retournai une dernière fois sur la maison. Toutes les vitres venaient d'être soufflées de leurs châssis. Des plafonds éventrés, qui figuraient peu avant encore le ciel, pendaient de pitoyables faisceaux de chaume mort. Je regardai tout au fond de la gorge de la maison moribonde.

Celle-ci donnait l'impression de n'avoir cessé de jouer la comédie et de montrer aujourd'hui seulement sa véritable et immuable nature : une grotte creuse ouverte aux quatre vents, aux entrailles regorgeant de ravages et d'immondices.

Voorburg, sept. 1950

Composition : PCA
Achevé d'imprimer
par Normandie Roto Impression s.a.s.
À Lonrai, en février 2023
Dépôt légal : février 2023
Numéro d'imprimeur : 2300304

ISBN : 978-2-07-288051-3/Imprimé en France.

362061